éditions Vents d'Ouest

Amours Volatiles

Ptiluc

Et si, par hasard, il venait à la conscience l'idée saugrenue
de se glisser dans les plumes

HF
FRT
FHT
HF... QUE C'EST DUR...
CET ESPACE EST VRAIMENT DEVENU TROP ÉTROIT...
ME RETOURNER EST DEVENU UNE ÉPREUVE À LA LIMITE DU SUPPORTABLE...
JE SAIS TRÈS BIEN QUE L'UNIVERS DANS LEQUEL J'ÉVOLUE DEPUIS SI LONGTEMPS EST CLOS ET LIMITÉ...
J'AI PRIS CONSCIENCE...
...CONSCIENCE D'UN AILLEURS...
1

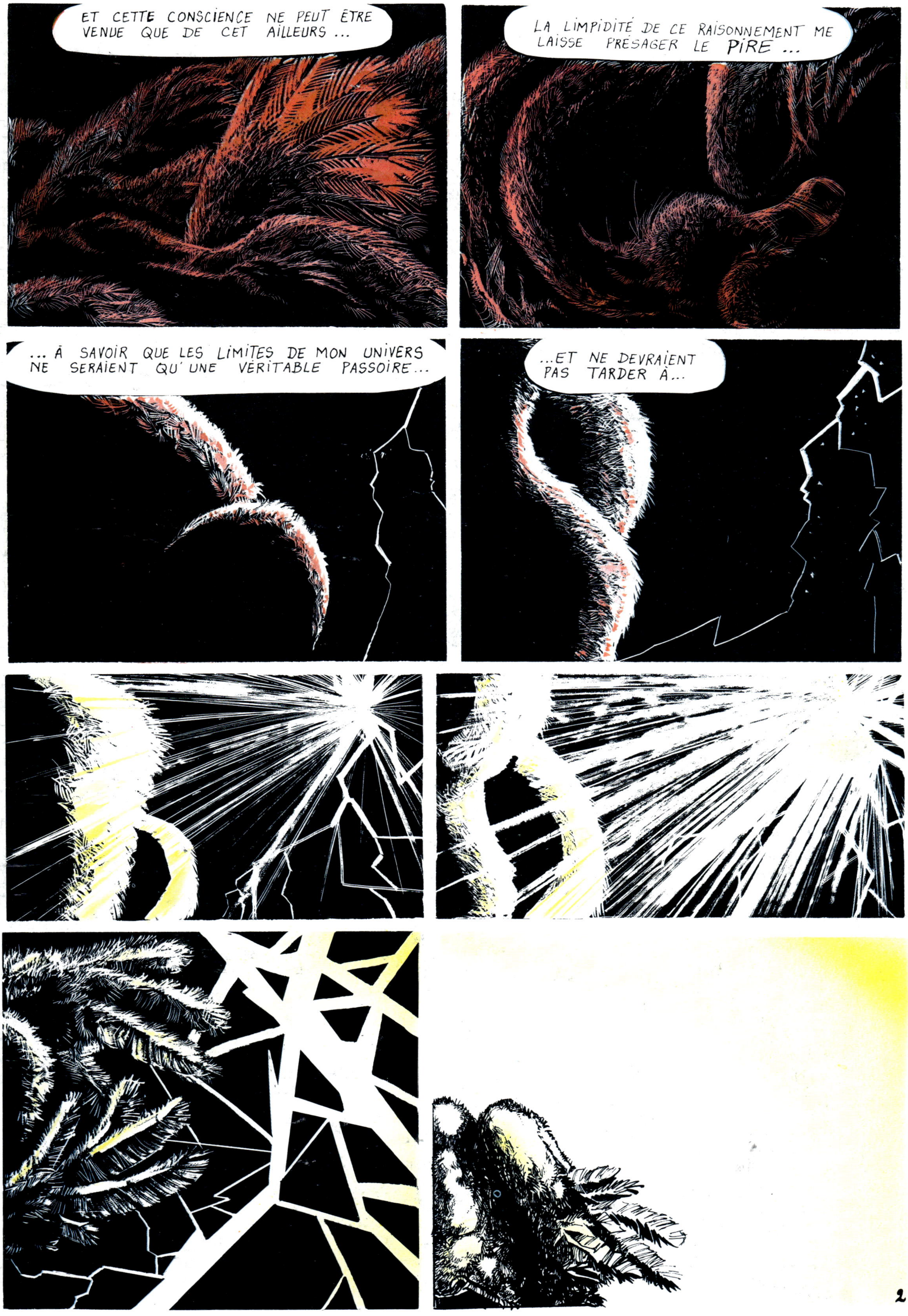
ET CETTE CONSCIENCE NE PEUT ÊTRE VENUE QUE DE CET AILLEURS ...
LA LIMPIDITÉ DE CE RAISONNEMENT ME LAISSE PRÉSAGER LE PIRE ...
... À SAVOIR QUE LES LIMITES DE MON UNIVERS NE SERAIENT QU'UNE VÉRITABLE PASSOIRE...
...ET NE DEVRAIENT PAS TARDER À...

QUELLE INSUPPORTABLE BRÛLURE !! AARGH, VITE, RETOURNER D'OÙ JE VIENS !!
MAIS OÙ EST PASSÉ MON UNIVERS EUPHORIQUE ??
CETTE LUMIÈRE EST UNE INSANITÉ...
... D'AILLEURS, JE PEUX TRÈS BIEN ME PASSER D'ELLE ET PARTIR À LA DÉCOUVERTE DE CE NOUVEL UNIVERS À L'AIDE D'UN TAS D'AUTRES MOYENS SOPHISTIQUÉS...
TAP TAP
ET VOILÀ ! TOUT VA POUR LE MIEUX... JE PEUX DÉSORMAIS LAISSER MES PAUPIÈRES FERMÉES JUSQU'À CE QU'ELLES SE SOUDENT ; IL N'Y A RIEN À VOIR... TIENS... DU VIDE...
TAP TAP TAP T...
... MES SENS TOUT NEUFS ME TIRERONT BIEN DE CETTE EMBUSCADE
JUSQU'OÙ S'ÉTEND DONC CE NÉANT VRAISEMBLABLEMENT LIMITÉ ??
PLICH
QU'EST-CE QUE C'EST QUE CE CANARD ?

T'AS VU ; IL EST COMPLÈTEMENT CINGLÉ CE CANARD, IL ARRIVE PAS À NAGER !
OH !?!
... FAUT DIRE : IL OUVRIRAIT LES YEUX, IL AURAIT MOINS DE PROBLÈMES !
OH !?! IL FERME LES YEUX !! OH, L'AUT'ÉH !
C'EST DOUUUX !
QUELLE DÉLICIEUSE VOLUPTÉ INCONNUE ...
SI TU OUVRES LES YEUX, JE TE GARDE AVEC MOI
?
... MÊME QUE JE T'APPELLERAI DONALD ...
DÈS CET INSTANT, JE COMPRIS QUE LA QUÊTE DE MON IDENTITÉ VENAIT DE PRENDRE UN SÉRIEUX COUP DANS LA GUEULE ...
ET LORSQU'ELLE M'ABANDONNA POUR DES CONTINGENCES CONJONCTURELLES INCONNUES, JE COMPRIS QUE JE LUI DEVAIS TOUT ET QUE DÈS MA QUÊTE TERMINÉE, C'EST À ELLE QUE JE REVIENDRAIS ...
TU M'ATTENDS, HEIN, DONALD ; JE REVIENS TOUT DE SUITE ...
ALLEZ, MAGNE-TOI ON DOIT ALLER METTRE LA TABLE ...

AH ! MERVEILLEUX COUP DE CHANCE ; VOILÀ DE QUOI COMMENCER EFFICACEMENT MON ENQUÊTE
CES CAILLOUX ME SEMBLENT APPARENTÉS À CE QUE FUT CE D'OÙ JE VIENS...
TK
KTK
SERAIT-CE LES MIENS...??
CHERS AMIS, SI JE NE ME MÉPRENDS PAS, JE CROIS QUE...
MÉPRISE... MÉPRISE !!!
COUAC
COUARG

MON DÉSARROI ÉTAIT BIEN INDIGESTE ET MON INCOMPRÉHENSION TOTALE... TOUT, POURTANT, DEPUIS NOTRE OVE NATAL JUSQU'À NOTRE MORPHOLOGIE SEMBLAIT CONCORDER PARFAITEMENT...
... CE BEC, CE PLUMAGE... AVEC EN PLUS UNE ALLURE, UNE PRESTANCE AUXQUELLES JE N'AVAIS MÉME PAS SONGÉ PAR MODESTIE IMBÉCILE !
JE ME DEMANDAIS QUEL ÉLÉMENT AVAIT PU M'ÉCHAPPER QUAND SOUDAIN...
CE SONT EUX !!
... J'AVAIS ENFIN TROUVÉ LES MIENS !!
FLT
FLT
PT
NOBLES VAISSEAUX ; ME MÉPRENDRAIS-JE ENCORE SI J'OSAIS VOUS AVOUER QU'IL M'A SEMBLÉ EN VOUS VOYANT QUE... ?!
FFFCHHHHHHH !!
FCH ?

MAIS NON : PAS FCHH ... LAISSEZ MOI FINIR AVANT DE ...
FHH
FHRR
FRCHHH
N...N...N...NON...J...J...JE...
FTCH FTCH FTCH FTCH FTCH FTCH FTCH
PTK
JE NE COMPRENDS PLUS RIEN...
DOUM DOUM DOUM DOUM
?
ET POURTANT...

POURTANT, JE LEUR RESSEMBLE TANT...
CES PIEDS PALMÉS, CE DUVET... NOUS SOMMES DE LA MÊME FAMILLE IL N'Y A PAS DE DOUTE !
MAIS ALORS, POURQUOI CETTE HOSTILITÉ, CES SEULS CHUINTEMENTS AGRESSIFS EN GUISE D'ÉCHANGES, BORDEL !
MRRWCHHHWW
LÀ-BAS, ENCORE ?
MRMRRW
ÇA Y EST. JE COMMENCE À TOUT COMPRENDRE...
JE LES AI TROUVÉS !

LÀ
HUIT! ELLE EN A FAIT HUIT!
REGARDE
MAIS QU'ILS SONT MUUGNONS, DIIS!
GUIZOU, GUIZOU
MWIIIIIII
GUIZOU? ÇA Y'EST C'EST AFFREUX!!
IL FAUT ABSOLUMENT QUE CES NOUVEAUX INTERLOCUTEURS M'ÉCLAIRCISSENT LE RAISONNEMENT... MMMH...
EUH... PARDON
ÉÉH... REGARDE
FCHHH
DONALD! C'EST DONALD QUI ÉTAIT REVENU... SALE CHATTE, TU L'AS FAIT FUIR... PAPA TE NOIERA TOUS TES PETITS, VOILÀ!
MARRRAWW
TU SAIS, IL EST TOUJOURS AUSSI CINGLÉ, CE CANARD. IL EST ARRIVÉ EN BARAGOUINANT BIZARREMENT. TU PARLES SI ÇA L'A FOUTUE EN COLÈRE!
FCHH... ENCORE ET TOUJOURS FCHH... IL FAUT QUE JE FASSE LE POINT; TOUT ÇA ME PERTURBE TROP!
DONALD, MON CANARD CINGLÉ, POURQUOI FAIS-TU JAMAIS QUE PASSER!?

LA SEULE CHOSE QU'AVAIENT PU M'ENSEIGNER LES PSEUDO-MIENS C'EST QUE MA CONFORMATION PÉDIEUSE PALMÉE ME RENDAIT PARFAITEMENT APTE AU GLISSEMENT SUR L'EAU... PAR CONTRE L'UTILITÉ DE MON ENVE-LOPPE DUVETEUSE ME PARAISSAIT ENCORE BIEN SUSPECTE...
OUI MAIS C'EST ELLE QUI M'A APPRIS À GLISSER SUR L'EAU
...ELLE QUI POURTANT FAIT PARTIE DE CETTE RACE SI DIFFÉ-RENTE ET POURTANT QUI ME SEMBLE SI PROCHE...
AU TERME DE CES PREMIÈRES PRISES DE CONTACT DEPUIS MON EXPULSION DE L'UNIVERS OVOÏDE, IL ME RESTAIT QUATRE POSTULATS DONT L'EXPLORATION SE PROMETTAIT HASARDEUSE...
D'ABORD, JE SUIS SORTI CONSCIENT D'UN UNIVERS CLOS, PROVOQUANT EN MÊME TEMPS LA PULVÉRISATION DE CE DERNIER...
SECUNDO, JE ME SUIS DÉCOUVERT UNE MORPHOLOGIE COMMUNE AVEC UNE RACE TOTALEMENT DÉNUÉE DU MOINDRE RAISONNEMENT INTELLECTUEL
PECHE INTERDITE
TING
TING

ENSUITE, IL APPARAIT QUE D'AUTRES ESPÈCES NE SONT PAS PRODUITES PAR DES OVOÏDES MAIS SORTENT DIRECTEMENT D'AUTRES INDIVIDUS PLUS CORPULENTS AUXQUELS ILS SONT RELIÉS AU DÉPART PAR UN CONDUIT CHARNEL QUI CÈDE PAR LA SUITE ... CETTE SOPHISTICATION NE LES RENDANT NÉANMOINS PAS PLUS INTELLIGENTS QUE MES PSEUDO-PROCHES PARENTS ...
FLT
ENFIN, LA RUPTURE DE CE CONDUIT SEMBLE LAISSER EN LEUR CENTRE UNE CICATRICE PROFONDE ... CICATRICE DONT JE SUIS DÉPOURVU ALORS QU'ELLE ORNE L'ABDOMEN NU DE CES ÊTRES INCROYABLES DONT JE ME SENS POURTANT SI PROCHE ...
LE TEMPS QUE J'ASSIMILE CES QUATRE ABOMINATIONS, LES COULEURS DU TEMPS AVAIT CHANGÉ QUATRE FOIS D'ASPECT ET MA CORPULENCE QUATRE FOIS DE VOLUME...
J'EN ÉTAIS ARRIVÉ À LA CONCLUSION PROVISOIRE QUE J'ÉTAIS UN MUTANT ET QU'IL ÉTAIT TEMPS POUR MOI DE REVENIR À ELLE, CAR ELLE SEULE POUVAIT M'AIDER À SORTIR DE CETTE EFFROYABLE QUÊTE EN CUL-DE-SAC...

CE QUE JE CRAIGNAIS PLUS QUE TOUT, C'EST QUE SA MORPHOLOGIE A ELLE AUSSI AIT QUADRUPLÉ DE VOLUME...
??
MAIS JE FUS VITE RASSURÉ
MAIS NON, MERDE !
WAAH, TU DÉCONNES, ÉH T'ES NUUULLE !
CE QUE J'IGNORAIS ENCORE C'EST QUE C'EST A L'INTÉRIEUR QUE TOUT AVAIT CHANGÉ... CETTE RACE FABULEUSE, EN FAIT, VIVAIT UNE PÉRIODE INTERMÉDIAIRE ENTRE L'ENFANCE ET L'AGE ADULTE
LE DERNIER "TÉLÉPHONE" IL EST NUUUL...
MOAH LUI, C'EST MÊME PAS VRAI...
UNE PÉRIODE QUI CHEZ LES AUTRES ESPÈCES DURAIT SI PEU QU'ON AVAIT ABSOLUMENT PAS LE TEMPS D'EN PRENDRE CONSCIENCE...
OUAIS, ALORS TOI, HEIN !!
DE QUOI, MOI ?
TANDIS QUE CHEZ CES ÊTRES, CETTE ZONE TROUBLE ÉTAIT D'UNE DURÉE CONSIDÉRABLE ET FORTEMENT INFLUENCÉE PAR LES PRÉCEPTES RIGOUREUX EN VIGUEUR DANS LEUR SOCIÉTÉ TROP STUCTURÉE...
TOI, T'ES UNE VRAIE GONZESSE ALORS, TU LA BOUCLES, HEIN !!
MEERDE...
AH, C'EST MALIN, TOI IL EST PARTI MAINTENANT
PFFT ET ALORS M'EN FOUS, IL EST NUL CE MEC, NUUL...

ME DITES PAS QUE ÇA VOUS FAIT CHIER, ÇA S'RAIT TROP, ÇA!
OOHÉ LUI...
TIENS, REGARDE, DANS LES VALOCHES DE MA MEULE, J'AI LE DERNIER "STRANGLER'S", ÇA, ÇA DONNE, ÇA!
...!
TIENS... 'COUTE ÇA...
NOON! ELLE NE VA QUAND MÊME PAS... ELLE QUI...!?
IL ÉTAIT IMPOSSIBLE QUE CELLE QUI FUT MON INITIATRICE SE LAISSÂT TOMBER DANS UN TEL PIÈGE IMBÉCILE... CET ÊTRE-LÀ RESPLENDISSAIT DE TRIVIALITÉ PIRE QU'ANIMALE...
... JE ME DEVAIS DE LE METTRE HORS D'ÉTAT DE NUIRE...
AH OUII; PAS MAL DIS-DONC
ALORS HEIN! ÇA TE DIRAIT UN P'TIT TOUR DE MEULE AVEC WALKMAN?
AAAH QUELLE HORREUR, MES MEMBRES ANTÉRIEURS SONT INAPTES À LA PRÉHENSION!
FLP

N... NON ... IL FAUT QUE JE ...
QU'EST-CE QU'IL VEUT CELUI-LÀ ...
BON !
ÇA SUFFIT MAINTENANT !
COMMENT TU M'AS APPELÉ, TOI ? "CELUI-LÀ" ??
NON !!
NON MONSIEUR
TATATATATA
MAIS MONSIEUR ...

M'ENFIN QUOI ! JE VOUS AI RIEN FAIT, MONSIEUR
NE SOIS PAS INSOLENT !
CHTONG
VOILÀ, PETITE, TU ES SAUVÉE
PFFFF
OH, MONSIEUR, QUI ÊTES-VOUS DONC ? ... ATTENDEZ ; JE CROIS QUE CETTE VOIX ME ... EUUH..?
BELMONDO ... LANVIN ... !?
TU BRÛLES, PETITE, TU BRÛLES !
JE CROIS QUE J'AI MIS CE REPTILE DÉFINITIVEMENT HORS D'ÉTAT DE NUIRE !
TOM TOM
TOM TOM
ET MAINTENANT, MONSIEUR MON SAUVEUR QU'ALLONS NOUS FAIRE DE JEAN-CYRILLE ?
NOUS ALLONS FAIRE DISPARAITRE LE SIMPLE INDICE COMPROMETTANT QU'IL EST DEVENU...

MAIS DIS DONC, JE CROIS QUE ... EST-CE QUE TU SAIS NAGER ?
SKRIIIK
DEPUIS PEU... POUR LES SCÈNES AQUATIQUES JE ME FAISAIS DOUBLER PAR MICHEL SIMON...
JBOW JBOW
TU DIS DES CONNERIES ... ÇA Y'EST, JE SAIS QUI TU ES !
TU ES DONALD ! VIENS PRÈS DE MOI...
VIENS
...MAIS VIENS, QUOI MERDE !!.
TU M'AGACES JEAN-CYRILLE, FOUS MOI LA PAIX...
OUAIS, T'ES QU'UNE ALLUMEUSE, ÉH... TU FAIS CHIER, ÉH MERDE...
C'EN ÉTAIT TROP ... IL FALLAIT QUE JE TENTE QUELQUE-CHOSE

... ÇA SUFFIT, JEUNE PRÉSOMPTUEUX. LÂCHEZ-LA IMMÉDIATEMENT... VOUS IGNOREZ QUI ELLE EST !!
MERDE, UNE OIE !
QUILLE ; J'AI LES BOULES... 'PARAIT QUE C'EST MÉCHANT, QUE ÇA MORD
MAIS ALORS SI ELLE NE ME RECONNAIT MÊME PLUS, QUE DEVIENT MON EXISTENCE...
ET BIEN FRANGINE, TU NE LE RECONNAIS PAS ??
MAIS ENFIN, REGARDE LE ; TU EN AS DÉJÀ VU BEAUCOUP DES OIES QUI BARAGOUINAIENT COMME ÇA...
?
TU VEUX DIRE QUE... ?
À CET INSTANT, JE CRUS QUE MON DUVET ALLAIT M'ABANDONNER, MES OS SE LIQUÉFIER ET MA CHAIR S'ÉTALER COMME UNE FLAQUE À SES PIEDS...
GLG
C'EST DONALD !!

À CET INSTANT, IL ME FALLUT ADMETTRE QUE C'ÉTAIT LÀ LE SEUL NOM QUE JE PUSSE DÉSORMAIS PORTER...
TU ES TOUJOURS AUSSI DOUUUX...
BON ; ON FAIT QUOI, MAINTENANT ?
BEN ON A QU'À ALLER NAGER PUISQU'ON A UN CANARD AVEC NOUS
AH OUAIS SUPER !!
C'EST PAS UN CANARD C'EST UNE OIE !
ÇA S'APPELLERAIT PAS PLUTÔT UN JARS, QUAND C'EST GROS COMME ÇA ?
AH OUAIS ! C'EST UN MÂLE ALORS !?
J'AVOUE QUE CETTE QUESTION N'ÉTAIT JAMAIS VENUE EFFLEURER MON ESPRIT !
OUI MAIS, DIS DONC, J'ÉTAIS VENU TE DIRE QU'ON DEVAIT METTRE LA TABLE !
OH, ILS M'AGAAACENT LES VIEUX MOI JE VEUX ALLER NAGER MAINTENANT ! APRÈS ON DEVRA ATTENDRE TROIS HEURES À CAUSE DE LA DIGESTION !
COMMENT SAVOIR ?
TU AS RAISON... ON VA PIQUER UNE TÊTE AVANT
COMMENT DÉCOUVRE T'ON DE QUEL SEXE ON EST ?
ALORS, TU VIENS ?

ALLEZ, TOUS À POILS...
MAIS QUE CES ÊTRES SONT DÉCONCERTANTS
BON; ÇA Y'EST? FAIT CHIER TON VOLATILE!
JE CROIS QUE LE CHOC QUE JE REÇUS À CET INSTANT FUT AUSSI VIOLENT QUE LORSQUE MON UNIVERS SE BRISA...
JE SUIS PAS COMME EUX JE SUIS PAS COMME EUX
MINUTE! DONALD S'EST TROUVÉ MAL!
DIS-MOI, MON ÉDREDON, DIS MOI CE QUI NE VA PAS?
COMMENT LUI DIRE?
COMMENT LUI DIRE LE PARADOXE QUI VENAIT DE M'ENVAHIR... JE ME SENTAIS MÂLE, LES VIBRATIONS QUE SA PEAU PROVOQUAIT DANS MES TRÉFONDS LE PROUVAIENT, NON? MAIS OÙ ÉTAIENT PASSÉS MES ORGANES?

BON, ALORS, TU TE DÉCIDES ?? TU COMPTES Y PASSER LA SEMAINE À FAIRE MUMUSE AVEC TON TAS DE PLUMES ?? ON A PAS QUE ÇA À FOUTRE...
JE CROIS QUE J'AI COMPRIS, MON DONALD... C'EST QUAND TU LES AS VUS TOUT NUS... C'EST ÇA HEIN ? MAIS TU SAIS, MOI, JE LE SAIS QU'ON EST FAIT PAREIL... JE L'AI ÉTUDIÉ EN SCIENCES NAT' LE MOIS DERNIER
AH ! TU ÉTAIS LÀ, TOI !?
TU SAIS, NOUS, NOTRE PEAU EST NUE ET FRAGILE, NOUS SOMMES OBLIGÉS DE LA PROTÉGER MALADROITEMENT AVEC DES CHIFFONS SALISSANTS ET PARFOIS DÉSAGRÉABLEMENT RUGUEUX
TANDIS QUE ÇA, TU VOIS, ÇA ENVELOPPE SOYEUSEMENT TA PEAU ET TE PROTÈGE DE TOUTES LES AGRESSIONS EXTÉRIEURES BIEN MIEUX QUE TOUS NOS VÊTEMENTS ET CE MUR QU'ON SE MET DANS LA TÊTE ; CE TRUC CHIANT QU'ON APPELLE LA...
... PUDEUR
AH OUAIS, TU LUI PARLES MAINTENANT ! ET LUI ? IL TE RACONTE SA VIE ?
ÉCOUTE, LAISSE NOUS... CE QU'ON SE DIT NE TE REGARDE PAS... MAIS CROIS-MOI, ON A BIEN PLUS DE CHOSES À SE DIRE LUI ET MOI QUE TOI ET MOI !!
OUAAAH !! ÉH LES MECS, Y'A MÉLO QUI DEVIENT COMPLÈTEMENT BABA ! ELLE CAUSE À SON OISEAU MAINTENANT ; COMPLÈTEMENT NAZE !!
BH

AH NON ! FAIT CHIER CELLE-LÀ ! ÇA TE FAIT LES ALLUMEUSES AVEC SON NOIR À LÈVRES ET SON P'TIT CUL, ET PUIS, ÇA JOUE ENCORE À LA POUPÉE AVEC DE LA VOLAILLE
JE M'APPELLE MÉLODY, J'AI SEIZE ANS DANS DEUX MOIS... ILS M'ONT APPELÉE COMME ÇA À CAUSE D'UN VIEUX DISQUE DE GAINZBAR... ILS ÉTAIENT DES FANS, À L'ÉPOQUE OÙ IL NE BUVAIT QUE DE LA LIMONADE
TIENS ; JE VAIS ME DRAGUER L'AUTRE CRUCHE AVEC SES GROS LOLOS...
ÉH MERDE ; J'EN AI MARRE, MOI, ON M'Y REPRENDRA, TIENS !!
TON ZIZI, À TOI, IL EST À L'INTÉRIEUR... UN PEU COMME LE MIEN... MAIS TOI, IL PEUT SORTIR DE TON DUVET... JE T'ASSURE, JE VIENS DE L'ÉTUDIER... TU VOIS QU'IL N'Y A PAS DE RAISON DE T'INQUIETER
ET ÇA ?
RRRRR

ÇA ?!
OUI, ÇA !
JE...
EH ! OH... SUPER, EH ! J'AI BIEN FAIT QUARANTE LONGUEURS...
P'TÊT MÊME CINQUANTE ! DINGUE... MAIS MAINTENANT FAUT QU'ON Y AILLE...
AH OUAIS, LA TABLE !
SINON, ON EST BON POUR LA VAISSELLE !
ET ALORS !?
J'EN ÉTAIS SÛR
JE M'EN FOUS DE LA VAISSELLE, MOI... AU CONTRAIRE... QUAND ILS M'ENVOIENT À LA PUNITION-VAISSELLE, J'Y TROUVE UN PRÉTEXTE POUR LEUR FAUSSER COMPAGNIE PLUS VITE !!
C'EST ELLE !!
TU NE TE RENDS PAS COMPTE CE QUE PLONGER MES MAINS DANS L'EAU SAVONNEUSE PEUT ME DÉTENDRE QUAND JE PENSE AU SUPPLICE QUE TU ENDURES EN RESTANT AVEC EUX À TABLE !
INCROYABLE ! IL ME LA FAUT !

BON, ON Y VA; ALORS ?
OUI, VIENS !
!?
VRAOO CRAC
VRAOW
VRAOUM::::::
MELO ! IL A EM-BARQUÉ MELO !
ET SON CANARD AUSSI !?.

HAARF !! KHF KHF
VRM
RASSURE-TOI TOUT DE SUITE ; JE NE TE VEUX AUCUN MAL...
J'AI BESOIN DE TOI... TU ES MON HÉRITIÈRE...
LES ROUGES : C'EST LES ROUGES !
PÉAGE
JE NE TIENDRAI PLUS TRÈS LONGTEMPS, MOI... PAUVRE MÉLO ; ELLE DOIT ÊTRE TERRORISÉE...
BON. JE FAIS QUOI ? JE TIRE !?
NON ARRÊTE : PAS DE BAVURE ON TIRE S'IL NE S'ARRÊTE PAS
MAIS IL NE S'ARRÊTE PAS !!
TU CROIS ?
BON ALORS JE TIRE !?

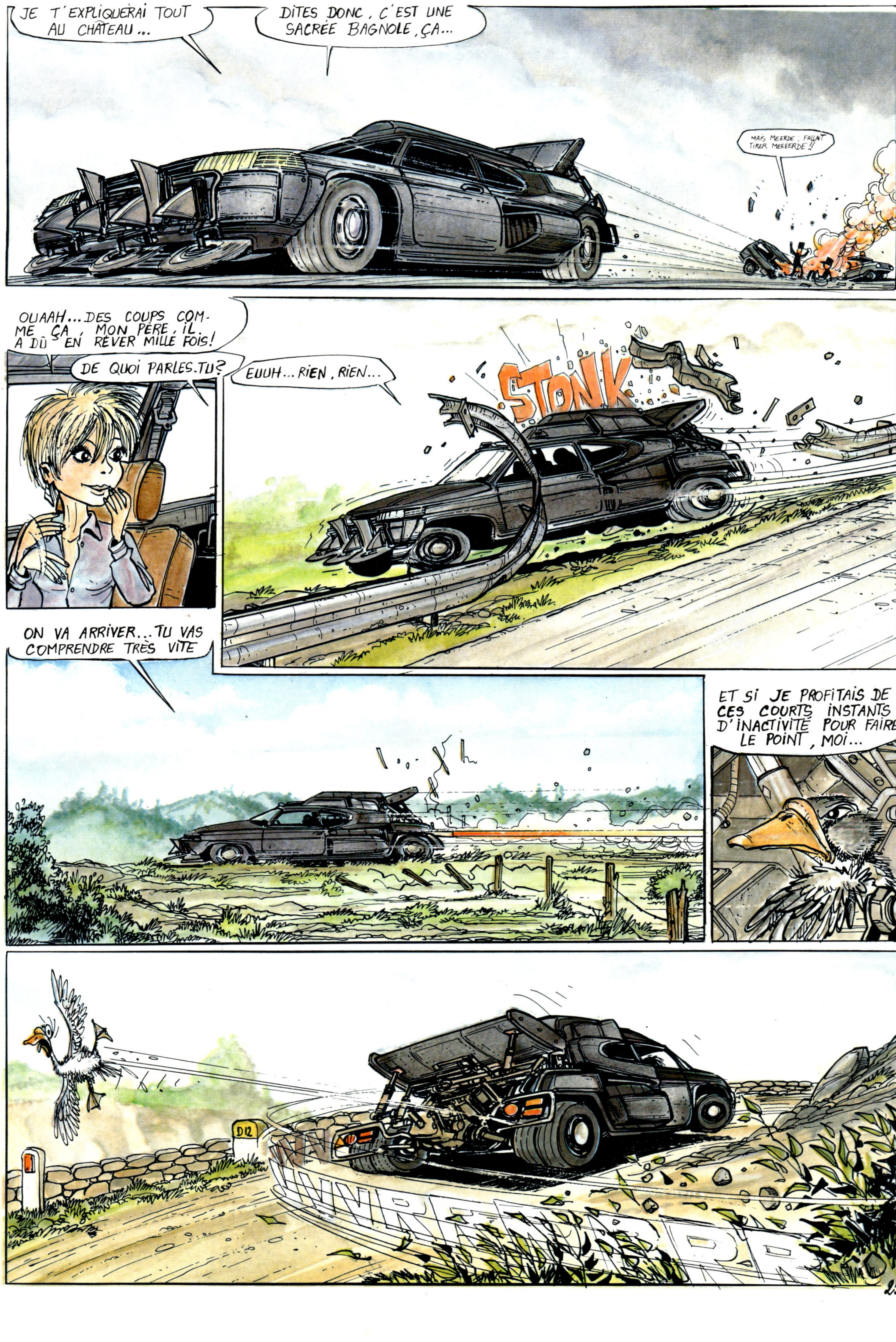

JE T'EXPLIQUERAI TOUT AU CHÂTEAU...
DITES DONC, C'EST UNE SACRÉE BAGNOLE, ÇA...
MAIS MEERDE; FALLAIT TIRER MEEEERDE!!
OUAAH... DES COUPS COMME ÇA, MON PÈRE, IL A DÛ EN RÊVER MILLE FOIS!
DE QUOI PARLES-TU?
EUUH... RIEN, RIEN...
STONK
ON VA ARRIVER... TU VAS COMPRENDRE TRÈS VITE
ET SI JE PROFITAIS DE CES COURTS INSTANTS D'INACTIVITÉ POUR FAIRE LE POINT, MOI...
D12
VVRRRRRRR

FLP
BEN ÇA PAR EXEMPLE. C'EST HALLUCINANT !!
DIS-DONC, CET OISEAU-LÀ, SI JE NE SUIS PAS TROP FAIT, JE L'AI BIEN VU SORTIR DU MOTEUR D'UNE BAGNOLE COMPLÈTEMENT INCROYABLE !!
AH ! LE SCOOP, ALORS !?
ALORS, CES BRAS INSENSÉS AVAIENT DONC UN RÔLE PROPRE !! VOILÀ EN QUOI JE RESSEMBLAIS À CES ÊTRES PRIMAIRES AVEC LESQUELS J'AVAIS ESSAYÉ DE CONVERSER AU DÉBUT...
SUIVONS-LE, CE VOLATILE ! IL SUIT LE COURANT QUI LUI-MÊME SUIT LA ROUTE SUR LAQUELLE ROULE LA BAGNOLE. CETTE AFFAIRE S'ANNONCE DONC BIEN...
OUAIS. LAISSONS-NOUS ALLER QUOI !

MAIS ALORS POURQUOI LA RACE FABULEUSE DES GRANDS BIPÈDES NUS, NE POSSÉDAIT PAS CE POUVOIR PLANANT... EUX QUI ÉTAIENT LA PERFECTION MÊME !??
JE SAVAIS QUE CE PETIT REPORTAGE SUR LES COURSES LOCALES DE CANOËS ALLAIT NOUS SURPRENDRE !!
?!?
12
ÇA NE DEVAIT ÊTRE QU'UNE FUTILITÉ QU'ILS AVAIENT JUGÉE NÉGLIGEABLE ... IL FALLAIT QUE JE L'OUBLIE...
STUMP
MAIS HEUREUSEMENT QUE LE COURANT SUIVAIT MÉLO À MA PLACE, PARCE QUE, VU LE CHOC PSYCHOLOGIQUE QUE JE VENAIS UNE FOIS DE PLUS DE RECEVOIR JE N'AVAIS PLUS TROP LA FORCE DE ME CONCENTRER SUR MON ACTION HÉROÏQUE AFIN DE L'ARRACHER AUX GRIFFES DE CE MONSTRE VRAISEMBLABLEMENT SANGUINAIRE...
PLICH
PLICH
TU CROIS QUE C'EST BIEN LE BOULOT D'UN CHRONIQUEUR LOCAL, ÇA ??

NOUS Y SOMMES PRESQUE . DESCENDS...
TU ENTENDS , IL Y EST PRESQUE...
OUI... NOUS AUSSI... C'EST BIEN CE QUI M'INQUIÈTE !!
JE PARIE QUE C'EST LE VÉHICULE QUI A FONCÉ AU PÉAGE... LÀ OÙ ILS ONT PAS TIRÉ...
AH BON ! ALORS ON RENTRE, MERDE !!
TIENS REGARDE DANS MON DOMAINE , JE REPRENDS MA VIEILLE PASSION...
ET L'AUTRE
NE T'INQUIÈTE PAS DANS UNE MINUTE ELLE VA S'AUTO DÉTRUIRE.
228 GYG 48

S'AUTO-QUOI ?
DÉTRUIRE, DÉTRUIRE !
JE N'AI, HÉLAS, PAS LE DROIT DE ROULER AVEC ELLE HORS DU DOMAINE... LE QU'EN-DIRA-T-ON, TU COMPRENDS...
POURTANT, EN VINGT ANS, ON A PAS FAIT MIEUX DANS LE DOMAINE DE L'AUTOMOBILE ! CONSOMMATION MINIME, TENUE DE ROUTE EXEMPLAIRE, CARROSSERIE ALU ; LA PERFECTION !
D'AILLEURS, JE FAIS PARTIE DU "CLUB PANHARD" ! C'EST VACHEMENT PRATIQUE, ON S'ÉCHANGE LES PIÈCES !
MAIS NE ME DITES PAS QUE C'EST POUR ME PARLER VOITURE QUE VOUS M'AVEZ EMMENÉE ICI ?? VOUS FAITES QUOI AU JUSTE ?
REGARDE LA BAGNOLE !
LA VAISSELLE, PETITE ! ESSENTIELLEMENT ET PASSIONNÉMENT LA VAISSELLE !

AAARRRH ... FABULEUX ! C'EST LE PLUS BEAU JOUR DE MA VIE, MON VIEUX !
KLIK KLIK KLIK
LÀ C'EST LA "UNE" DE MATCH ... DU TOUT CUIT !
OUAIIS, ÇA ME FAIT UNE DINKY TOYS POUR LE GAMIN !!
J'AI PERDU LE NORD, MOI ... IL FAUT ABSOLUMENT LA RETROUVER
BON, TU VIENS ; UN SCOOP PAREIL, JE NE DOIS RIEN LOUPER ; FAUT Y ALLER À FOND ...
À FOND !! ET JUSQU'À QUELLES PROFONDEURS TU COMPTES DESCENDRE ??
APRÈS VOUS, CHÈRE HÉRITIÈRE, JE VOUS EN PRIE ... JE VAIS TOUT VOUS EXPLIQUER ...

IL FAUT QU'ILS SACHENT, NOTRE RÔLE EST DE TOUT LEUR FAIRE SAVOIR !
QUI "ILS" ? ET QU'ILS SACHENT QUOI ? LES COURSES DE CANOËS ÇA LES INTERESSE, ÇA OUI !! MAIS LÀ, TU VOIS, LÀ !?!
FAUDRAIT QUE J'ARRIVE À ME GLISSER A L'INTERIEUR... ELLE DOIT Y ÊTRE...
JE TE TIENS !!
HOP, AU TROU... ON NE S'ÉVADE PAS COMME ÇA, SALE BÊTE...
TSSSS
VA SAVOIR, PETITE, QUI DE L'HOMME OU DE L'OBJET, APPARUT LE PREMIER SUR LA PLANÈTE ? CAR L'HOMME DUT, AU DÉPART POSER YEUX ET DOIGTS AVEC UNE INTENTION PRÉCISE SUR UNE QUELCONQUE SUBSTANCE GROSSIÈRE POUR LUI PERMETTRE D'ACCÉDER AU STATUT D'OBJET... L'OBJET SERAIT DONC EXACTEMENT APPARU SUR TERRE EN MÊME TEMPS QUE LA CONSCIENCE, IL EST, EN TOUT CAS LA CONCRÉTISATION DIRECTE DE L'ÉTAT DE CONSCIENCE... PAR LE SIMPLE FAIT DE POSER UNE INTENTION SUR UNE CHOSE ANONYME, L'ÊTRE À PEINE CONSCIENT L'ANOBLIT ET L'ÉLEVA AU STATUT D'OBJET USUEL !!
QUELLE HALEINE !!!

EUH... M'SIEURS, DAMES...
IL ÉTAIT INDISPENSABLE QU'UN CULTE SOIT RENDU À CE SYMBOLE DE L'APPARITION DE LA CONSCIENCE...
LÀ MON VIEUX, JE FLAIRE L'INFORMATION DU MOIS, LE SCOOP DE L'ANNÉE!
ET TU IRAIS JUSQU'À REMUER QUOI, TOI, POUR UN SCOOP DE L'ANNÉE ? TU SAIS, CE QU'ILS VEULENT, C'EST DU SENSATIONNEL DE STYLE VULGAIRE, TU VOIS... LA MOINDRE TACHE DE SANG, LE MOINDRE VIOL CRAPULEUX TE PIQUERA TOUTE TA "UNE" ! LES SOUCOUPES C'EST PLUS LA MODE ; DÉPASSÉ !!
BON... IL VA ÊTRE L'HEURE, JE PEUX ALLER ME COUCHER
...LE CULTE DE L'OBJET...
ET ALORS ? IL M'ÉNERVE LUI... PEUT-ÊTRE QU'IL Y EN AURA DES TACHES DE SANG, ICI AUSSI...
RRRRRR

... LA VAISSELLE !!
...ABOUTISSEMENT D'UN CULTE QUI DEMANDE DE CIRER ET GRAISSER CUIR ET BOIS AVEC LES DOIGTS, DE PERCEVOIR TACTILEMENT TOUT ENTRETIEN DE L'OBJET... CERTAINS PURISTES SE CRÈVENT MÊME LES YEUX...
BALAYER LEURS FIENTES, CHANGER LES LITIÈRES REMPLIR LES GAMELLES, LES COMPTER, LES RECOMPTER, LES SURVEILLER ; QU'EST-CE QUE J'EN AI MARRE...
JE DEVAIS ÊTRE AVENTURIER, MOI ; J'AVAIS L'ETOFFE D'UN GRAND MARIN...
...MAIS RASSURE-TOI, JE MAUDIS CES INTÉGRISTES QUI OUBLIENT QUE L'OBJET DOIT AUSSI ÊTRE CARESSÉ DU REGARD... NÉANMOINS, POUR SERVIR LE CULTE IL CONVIENT DE SE VOILER LES YEUX...
C'EST ATROCE...

PARALYSÉ ENTRE L'AGRESSIVITÉ DU GROS MÂLE VINDICATIF ET LES ÉLANS DE LA JEUNE FEMELLE ; TORTURÉ PAR L'ATTIRANCE PHYSIQUE QU'ELLE EXERÇAIT SUR MOI ET LE BESOIN DE RETROUVER MÉLO, JE PERDAIS TOUT MOYEN...
L'OBSCURITÉ LES APPELA SUBITEMENT AILLEURS, BRISANT BRUSQUEMENT LEURS PASSIONS INTENSES... C'EST CE STUPIDE COMPORTEMENT ANIMAL QUI ME RAMENA À LA RAISON...
DODO
NUIT = DODO
... ET AUSSI UN CRI... UNE VOIX... ELLE...
MAIS MEERDE
C'EST TROP GRAND CE COSTARD ET JE M'EN FOUS DE VOS TRUCS, MOI !!
PETITE INSENSÉE... TU ES À PEINE À LA PREMIÈRE PHASE DE TON INITIATION... PASSE DONC CETTE COMBINAISON !
VIENS PLUTÔT... TU VAS VOIR... JE SAIS QU'ON NE PEUT FINIR QUE PAR SE COMPRENDRE...
JE T'AI ENTENDUE PARLER DE LA VAISSELLE... IL EST ÉVIDENT QUE TU ES MON HÉRITIÈRE... MES RECHERCHES ONT ÉTÉ LONGUES... ET TU ES LA SEULE À AVOIR COMPRIS QU'ELLE EST LOIN D'ÊTRE UNE CONTRAINTE...
UNE CONTRAINTE !! QUELLE INEPTIE... LES CONTRAINTES NE SONT QU'HORAIRES, OR LA VAISSELLE, ÇA TE TRANSPORTE HORS DU TEMPS...

C'EST UNE DE CES ACTIVITÉS PRIVILÉGIÉES OÙ L'APPLICATION INITIALE FINIT PAR ÊTRE TRANSCENDÉE PAR LA CONSCIENCE QUI EN OUBLIE CES TRÉPIDATIONS POUR S'ENVOLER VERS D'AUTRES SPHÈRES
L'AUTOMATISME ASSIMILE TA GESTUELLE MÉTHODIQUE ET ÇA DÉBOUCHE SUR U... UNE QUINTESSENCE MENTALE PARTIE DE LA SUBLIMATION DE L'ACTION EN G... GOMMANT LA CONTRAINTE IMMÉDIATE !!
FRT FRT FRT FRT
TU PEUX LAISSER VOGUER TON ESPRIT TOUJOURS RELIÉ AU CORPS PAR CE FIL TÉNU QU'EST L'ACHARNEMENT, À GRATTER CE GRATIN DE CREVETTE COLLÉ AU FOND D'UNE CASSEROLE
TU N'AS PAS À CRAINDRE LA DÉCONNEXION TOTALE, CAR TON DOIGT GUETTERA LA PARTICULE AGRIPPÉE À L'ARÊTE DU PLAT...
ET TON ŒIL VIGILANT L'EMPREINTE DIGITALE GRAISSEUSE SOUILLANT LE GALBE FOUDROYANT DE CE VERRE EN CRISTAL DE BOHÊME...
ET FAIRE POUSSER DES ARBRES À SAVON, ÇA C'EST LE SUMMUM DE LA GRISERIE...
GROS ROUGE DE L'HÉRAULT
MOUSSEUX
SURTOUT QUAND ON EXIGE DE MOI QUE JE LEUR PARLE... PFFRRR, J'TE JURE... ÇA VA LES FAIRE MOUSSER, P'TÊT', COMME LE CHAMPAGNE
GLW GLW GLW GLW GLW
RRRRzzzzBRB
TP TP TP TP TP TP TP TP TP TP

ET CETTE ODEUR FAUVE DU FOIE GRAS MOISI RENCONTRANT L'EAU CHAUDE... ÇA TE MONTE À LA TÊTE...
ET LA DOUCE CARESSE DU SAVON SUR LA COURBE VOLUPTUEUSE D'UN SALADIER EN INOX...
ET VOS MAINS ?
OÙ JE VAIS, MOI MAINTENANT ?
MES MAINS ? AH, DES ANNÉES DE SACERDOCE NE LES ONT PAS ARRANGÉES... MAIS RASSURE-TOI, JE POURSUIS D'INTENSES RECHERCHES POUR AMÉLIORER LES SAVONS... NOUS AVONS ICI DES PLANTATIONS DE SAPONAIRES ET UNE USINE DE SAPONIFICATION ORGANIQUE...
NOUS AVONS AUSSI DES BASSE-COURS ET DES PORCHERIES QUI NE SERVENT QU'À SALIR TOUTE LA VAISSELLE...
TOUT ÇA SERA À TOI, BIENTÔT...
ALLEZ, VIENS DÉCOUVRIR LE RÉVEIL OLFACTIF ET TACTILE, LA SUPRÊME JOUISSANCE DE LA CONTRAINTE DES MOINDRES...
AH, SI QUELQU'UN POUVAIT M'INDIQUER LA ROUTE...
PSSST

TOUS CES AHURIS DONT LES JOURS LES MOIS ET LES ANNÉES SONT FRACTIONNÉS ET PLANIFIÉS EN HEURES EN DÉLAIS EN "TOUT À L'HEURE" ET EN "C'EST TROP TARD"... ET ILS SUBISSENT ÇA SANS SOURCILLER... EUX QUI BLÉMISSENT À L'IDÉE DE TROIS CASSEROLES À DÉCRASSER...
QUELQU'UN M'A APPELÉ ?
ICI
TU EN SUBIS TOI, DES CONTRAINTES AUTRES QU'HORAIRES ?
NE PAS METTRE LES COUDES SUR LA TABLE NI LES DOIGTS DANS LE NEZ
FAIRE SON LIT LE MATIN, METTRE LA MAIN DEVANT LA BOUCHE SI ON BAÎLLE OU ON TOUSSE, SE MOUCHER EN SILENCE, DIRE BONJOUR DIRE MERCI, DIRE S'IL VOUS PLAIT, DIRE...
NOUS ALLONS T'Y EMMENER
TOUS CES DÉTAILS N'AURONT PLUS COURS, ICI... TU NE TE CONSACRERAS QU'À NOTRE ART
AINSI DONC, J'AVAIS DES ALLIÉS DANS LA PLACE
NON ?!
COMMENT; NON ?
JE NE VEUX PAS... JE VEUX RENTRER CHEZ MOI...

C'EST LÀ... VENGE NOUS ! NOUS, LES SEULES CHAUSSURES POUR LESQUELLES IL N'A JAMAIS EU LA MOINDRE ATTENTION TACTILE...
OUAIIS : LA VENGEANCE DES PANTOUFLES !
NE FAIS PAS ÇA, PETITE ESSAYE DE COMPRENDRE !
MAIS LÂCHEZ-MOI ?
BLAM
QU'EST-CE QUE C'EST QUE ÇA ?
EH TOI, VAS-TU... ?!
TIENS, Y'A VINGT-CINQ POUR CENT GRATUITS !
AÏIE, MON SAVON... TU...TU...
DZING

ÎÎH ! C'EST PAS
LE REZ-DE-CHAUSSÉE
REVIENS !
MAIS OUVRE TES AILES... VIIIITE !
JE NE PEUX PAS !!
TU LE REGRETTERAS
TU FINIRAS BOUFFÉE PAR LES HORAIRES ET LES CADENCES... TU POURRIRAS COINCÉE ENTRE LES CONTRAINTES...
BLOTCH

AVEC LE DÉTECTEUR DE LA BAGNOLE, JE VAIS LES RETROUVER...
OÙ C'EST QU'ELLE EST, CELLE-LÀ ?
CAR RETURN
OUAIIIS SUPER ! DE PLUS EN PLUS FORT CE REPORTAGE !
C'EST FINI OUI !? TU TE DÉCIDES À ME RETIRER DE LÀ-DESSOUS OU QUOI !?
KLIKrrrrr KLIKrrrrr KLIKrrrrr
C'EST FOUTU... IL NE ME RESTE QUE MA VAISSELLE... UNE VRAIE PASSION NE SERAIT-ELLE TOUJOURS QU'UNE EXPÉDITION EN SOLITAIRE ?
J'AI FROID... JE TE COMPRENDS PLUS... TU INTERVIENS, ON SE SAUVE ET PUIS TU NE VEUX PAS OUVRIR TES AILES... S'IL N'Y AVAIT PAS EU CETTE MARE...
ÉTAIT-IL POSSIBLE QU'ELLE NE COMPRENNE PAS POURQUOI JE N'AVAIS PAS LE DROIT DE LES OUVRIR ?

TU SAIS, QUAND J'ÉTAIS PETITE, MON OREILLER, JE L'AI AIMÉ PASSIONNÉMENT, IL AVAIT UNE CHALEUR QUE MÊME MON NOUNOURS NE ME PROCURAIT PLUS... ET PUIS, JE ME SUIS LASSÉE...
QUAND JE T'AI RENCONTRÉ J'AI CRU RETROUVER CETTE INTENSITÉ OUBLIÉE... UN OREILLER AVEC UN CŒUR QUI BÂT À L'INTÉRIEUR, QU'EST-CE QUE J'AI PU EN RÊVER ...ET MAINTENANT, JE NE SAIS PLUS, IL Y A TANT DE DIFFÉRENCES ENTRE NOUS...
JE NE COMPRENDS PAS COMMENT ÇA MARCHE CE PROCESSUS BIZARRE... ON DOIT AVOIR EN NOUS UNE PÂTE MOLLE, UN TRUC PAS NET QUI FAIT QUE TOUT CE QU'ON CROIT DUR COMME FER UN JOUR; LE LENDEMAIN CE N'EST PLUS QUE DU VENT...
J'AVOUE QUE J'ÉTAIS ASSEZ D'ACCORD, MOI AUSSI, ET QUE CETTE SIMPLE CHUTE DANS LE VIDE M'AVAIT PLONGÉ DANS UN ABÎME BIEN PLUS PROFOND D'INTENSE PERPLEXITÉ... N'ÉTAIT-CE PAS L'AUTRE, LÀ-BAS, DANS SON MANOIR QUE JE SENTAIS PLUS INTENSÉMENT DEVOIR ÊTRE MON MAÎTRE QU'ELLE QUI M'OUVRIT JUSTE LA VOIE... ET CETTE FEMELLE, LÀ-BAS ELLE AUSSI, MORPHOLOGIQUEMENT SI PROCHE DE MOI, N'ÉVEILLAIT-ELLE PAS BIEN PLUS DE PASSIONS BRÛLANTES QUE MÉLO QUI NE M'AIMAIT QUE COMME UN EDREDON CARDIAQUE...
POURQUOI REFUSES-TU DE VOLER, IMBÉCILE !? TU SAIS QUE L'HOMME IL EN RÊVE DEPUIS QU'IL EXISTE !
MAIS MOI, JE NE VEUX PAS ÊTRE UN OISEAU, JE NE VEUX PAS...
ÉCOUTE ! IL Y A UNE ROUTE PAS LOIN, ON VA POUVOIR RENTRER !

DONALD, J'AI FAIM...
MOI AUSSI... ET Y'A RIEN A MANGER, ICI...
SI... SIIII
C'EST VOUS QUIII...??
OUIIII... SI TU AS FAIM, MANGE NOUS ! N'HÉSITE PAS !
VAS-Y
OUI
QUOI ?? COMESTIBLE, TOI !?
MAIS OUIII HIHIHI ; VAS-Y J'ENTENDS TON ESTOMAC PLEURER
GARGLURRK
JE N'AI PAS CONFIANCE... DEPUIS QU'ON DIALOGUE AVEC LES PLANTES, JE TROUVE QUE CERTAINS CHAMPIGNONS ONT ATTRAPÉ UN IDÉAL BIEN DOUTEUX
IL Y EN A D'AUTRES PAR ICI...
OH L'AUT'ÉH ! DÉCONNE PAS
ROH LUI
NOUS ON VEUT JUSTE ÊTRE SYMPA
LUI HÉ
SANS DEC'
NON NOON
DES MUTANTS, COMME MOI ! MAIS EUX ILS ASSURAIENT PLUS !! ILS S'ÉTAIENT TROUVÉ UNE POSITION BIEN NETTE FACE AUX GRANDS BIPÈDES...
ÇA Y'EST, J'AI COMPRIS ! LA BOUFFE C'EST EUX !
MAIS NON !
C'EST PAS VRAI, NOUS ON EST SUPER DÉGUEU'
J'VOUS JURE
PLANQUEZ-VOUS !
C'EST LES COMESTOS QUI TRINQUENT DANS CETTE POLITIQUE, J'DOIS DIRE...
COSTARD DE VAISSELLE N°28
SOS
EXIT
... DIS... MÉLO... IL FAUDRAIT QUE TU ME PARLES DE CETTE CICATRICE QUE VOUS AVEZ TOUS, LÀ...
QUOI ? LE NOMBRIL ? JE...
VRRRRR
ÉCOUTE ! UNE VOITURE ! NOUS SOMMES SAUVÉS ! VIENS !

J'AI HÉSITÉ UN INSTANT ET JE NE L'AI PAS SUIVIE...
TU VIENS ?
CL 34
... ET LA MINUTE D'APRÈS CELLE DES REGRETS, JE ME DISAIS DÉJÀ QUE QUOIQUE JE LAISSE DERRIÈRE MOI CE N'ÉTAIT FINALEMENT JAMAIS QUE DU PASSÉ...
C'EST SANS DOUTE CE QU'ELLE DEVAIT PENSER ELLE AUSSI... J'AVAIS LA TÊTE BRUMEUSE... ÇA S'APPELAIT DONC LE NOMBRIL, CE POINT CENTRAL... CE CENTRE DE GRAVITÉ... CE TROISIÈME OEIL QUI DOIT PERMETTRE DE VOIR À L'INTÉRIEUR DE CES ÊTRES SI COMPLEXES AUXQUELS JE NE RESSEMBLERAI SANS DOUTE JAMAIS...
SANS CET ORIFICE, COMMENT POURRAIS-JE JAMAIS COMPRENDRE LA DÉBÂCLE DE MA VIE INTÉRIEURE...
C'EST LE CENTRE DE GRAVITÉ DE L'ÊTRE HUMAIN
L'OEIL DE SON ÂME...
VOIS-TU
DONC, POSÉ TENDU SUR UNE POINTE, IL DEVRAIT RESTER PARFAITEMENT EN ÉQUILIBRE... MAIS ELLE LUI RENTRE GÉNÉRALEMENT DANS LE NOMBRIL...
CECI PROUVE QUE L'ÊTRE PENSANT SE TROUVE DANS L'IMPOSSIBILITÉ DE TROUVER SON ÉQUILIBRE...
IL CONTINUERA DONC À REGARDER AVEC INQUIÉTUDE CET OEIL BIZARREMENT OPAQUE DONT ON DIT QUE LA DERNIÈRE CHOSE QU'IL VIT FUT L'UNIVERS D'AVANT CELUI-CI ; CELUI DE LA TENDRE ET VOLUPTUEUSE INCONSCIENCE
INCONSCIENCE QUI NE L'EST QU'À DEMI CAR LA VISION DE L'EXTÉRIEUR QU'IL A PU PERCEVOIR LORS DE CE VOLUPTUEUX TRANSIT, PAR L'ORIFICE DU CANAL OMBILICAL TRANSFORME PARFOIS LE CONSCIENT QUI SUIT EN UN ÉTERNEL RETOUR AUX SEMPITERNELLES VALEURS NOMBRILIQUES, SEULE VAGUE ATTACHE QU'IL LUI RESTE AVEC L'UNIVERS EUPHORIQUE DANS LEQUEL IL SÉJOURNA PRÉCÉDEMMENT !

C'EST CE PROCESSUS QUI L'AMÈNE À CHERCHER PARTOUT CE QU'IL N'ESSAYAIT MÊME PLUS DE TROUVER DANS SON NOMBRIL : SON PROPRE NÉANT !
PLUS QUE JAMAIS, UNE BRUME ÉPAISSE AVAIT COMPLÈTEMENT OPACIFIÉ MON PAUVRE CERVEAU
UNE PASSION DANS LA PEAU, C'EST BIEN LE PIRE DES PARASITES SOUS-CUTANÉS... PAS MOYEN DE L'OUBLIER, ÇA DÉMANGE, TE SUCE TOUT LE SANG... TU ESSAYES DE L'ARRACHER MAIS LA TÊTE RESTÉE SOUS LA PEAU TE FAIT DES DÉGATS PLUS GRAVES ENCORE... L'IRRITATION REND ALORS COMPLÈTEMENT INSOMNIAQUE CAR ELLE ATTAQUE CARRÉMENT LE SYSTÈME NERVEUX CENTRAL, LE FOR INTÉRIEUR, L'IMPALPABLE ÂME... CES DÉMENGEAISONS-LÀ SONT LES PLUS ATROCES PARCE QU'ELLES NE SE GRATTENT PAS
MAIS SI PAR MALHEUR LA SYMBIOSE CESSE TU TE RETROUVES SUR LE CARREAU TEL LE GLAND MOYEN ET JE NE TE RACONTE PAS LE NÉANT QUI TE GUETTE...
ÇA Y'EST, J'EN AI TROUVÉ UNE...
DES MOIS DE RECHERCHES... MAIS QU'ELLE EST BELLE, QUELLE LIGNE !
QUELLE ÉMOTION !!
TU FAIS QUOI MONSIEUR ?

JE COLLECTIONNE LES DOUILLES DE BALLES... DEPUIS QUE J'AI TON ÂGE JE SUIS FÊLÉ DE ÇA... REGARDE...
VOICI LA DOUILLE DE LA BALLE QUE VERLAINE TIRA SUR L'AVANT BRAS DE RIMBAUD, LE NEUF JUILLET 1873 ; ICI, DANS CETTE CLAIRIÈRE, CONTRAIREMENT À CE QUE L'HISTOIRE RACONTE...
J'AI CHEZ MOI DES PIÈCES FABULEUSES, CELLES QUI TUÈRENT LES KENNEDY, BEN BARKA ET BILLY THE KID... MAIS TOI, DIS-MOI, TU CHERCHES QUOI, ICI, HABILLÉ COMME ÇA ?
R... RIEN...
TSSS... ON CHERCHE TOUJOURS QUELQUE-CHOSE, ICI...
ON M'AVAIT RACONTÉ DES TAS DE CHOSES ET PUIS JE LES AI CRUES TRÈS TRÈS FORT ; ENSUITE, IL DEVAIT Y AVOIR UNE BELLE CÉRÉMONIE POUR COURONNER TOUT CE QU'ILS M'AVAIENT APPRIS... C'EST LÀ QUE TOUT S'EST EFFONDRÉ... J'AI VU QUE C'ÉTAIT TOUT BIDON...
L'INTENSITÉ DES PASSIONS NE TIENT QUE PAR LEUR FRAGILITÉ...
ALORS J'AI VOULU PARTIR À LA RECHERCHE DE CE QU'ILS M'AVAIENT ENSEIGNÉ
ET TU NE LE TROUVERAS PAS PARCE QUE C'EST MORT DEPUIS LONGTEMPS
TU CROIS ?
JE VAIS TE LE PROUVER QUE DIEU EST MORT... VIENS AVEC MOI, ON VA RETROUVER LA BALLE QUI L'A TUÉ !
MOI, MA QUÊTE ÉTAIT TERMINÉE
AH, SI CET UNIVERS-LÀ AVAIT PU AUSSI ÉCLORE...

PLUTÔT QUE DE CONTINUER MES TENTATIVES J'AI PRÉFÉRÉ LA FACILITÉ D'ALLER RAYONNER PARMI LES SEULS À M'ACCEPTER SANS TROP DE COMPLICATIONS
L'INTELLIGENCE NE ME SEMBLAIT PLUS ÊTRE QU'UN AVANTAGE DISCUTABLE NE POUVANT CONDUIRE UNE ESPÈCE QU'AU DÉSASTRE...
MAIS LA VRAIE FAIBLESSE DE TOUTES LES ESPÈCES N'A-T'ELLE PAS ÉTÉ DE SE REGROUPER ?
ILS ALLAIENT TOUS M'OUBLIER... TOUS CES ÊTRES REMARQUABLES PARMI LESQUELS JE N'AURAIS JAMAIS EU MA PLACE
PUTAIN DE BORDEL DE MÉTÉO À LA CON !
VOILÀ, ON Y EST...LÀ...
MERDE, JE CROIS QUE J'AI PAS MIS D'ANTIGEL DANS LA BAGNOLE... Y Z'AURAIENT PU PRÉVENIR AUX INFOS
MEDO
ÇA VA ÊT'BON POUR TOI, LÀ C'TE PÉRIODE ; TU VAS T'EN FOUTRE PLEIN LES POCHES
TU PARLES ! SUPER ANNÉE EN PLUS ; J'EN AI JAMAIS FAIT AUTANT
TIENS, VISE ÇA ; MA PLUS BELLE PRODUCTION DE FOIE GRAS DEPUIS QUINZE ANS... ET LÀ, TU VOIS J'AI UN TRUC ÉTONNANT...

Editions Vents d'Ouest 1987. ISBN 2-86967-026-5. — Dépôt légal : Avril 1987
Editions Vents d'Ouest 4 rue de la Sorbonne 75005 PARIS. — Tél. : (1) 46.34.79.04
Diffusion France : MDM Tél. : (1) 46.82.73.33. — Diffusion étranger: HATIER INTERNATIONAL Tél. : (1) 45.44.38.38
Imprimé en Belgique par GEDIT S.A.